# SAINT HUBERT

## ET

# M. PASTEUR

## LA RAGE

PEUT-ELLE ÊTRE spontanée CHEZ L'HOMME?

### L'épilepsie

A-T-ELLE QUELQUE AFFINITÉ AVEC

### la rage?

**Prix: 25 centimes**

## PARIS

| LIBRAIRIE | G. TÉQUI |
|---|---|
| RE de St-PAUL | LIRRAIRE-ÉDITEUR |
| ssette, 6. | 85, rue de Rennes, 85 |

hez les principaux Libraires

1886

# SAINT HUBERT

## ET

# M· PASTEUR.

# TABLE DES MATIÈRES

## I.

## A MONSIEUR PASTEUR

— 6 —

## II.

## AUX GENS DU MONDE.

## III.

## AUX CATHOLIQUES.

## Le pèlerinage à Saint-Hubert.

## Un pèlerinage à Saint-Hubert.

## LA FOLIE ET L'ÉPILEPSIE.

## CONCLUSION.

# A M. PASTEUR.

Nous prenons *très timidement* la libeité de soumettre à l'illustre savant qui vient de faire une si admirable découverte, deux questions qu'il nous paraîtrait fort important d'étudier et de résoudre. Nous le prions de nous pardonner notre hardiesse, et, si la science indignée sourit de pitié en présence de ces propositions, nous répondrons, (en confessant humblement qu'au point de vue scientifique nous sommes le dernier des profanes,) que nous nous adressons à l'homme sans préjugés, dont les idées droites et justes sont bien connues, plutôt qu'au savant.

Si nos questions lui paraissent sans valeur, il peut, sans scrupule ni remords et même sans aucune crainte de blesser son prochain, avoir la charité de ne pas s'en occuper. — Qu'il veuille bien, à l'avance, recevoir, dans ce cas, toutes nos excuses.

Notre excuse, à nous, se trouve dans les deux articles suivants, extraits du *Petit Moniteur Universel :*

### RAGE SANS MORSURE.

Dans la dernière séance du comité d'hygiène et de salubrité de la Seine, M. le docteur Dujardin-Beaumetz, a donné lecture d'un rapport sur un cas de décès par rage survenu à l'Hôtel-Dieu, le 12 novembre dernier.

L'individu qui a succombé était un homme de vingt-neuf ans, employé comme garçon de bains. Il était épileptique et avait des crises à peu près hebdomadaires. Lorsqu'il entra à l'hôpital, le 10 novembre, il éprouvait une constriction spasmodique des muscles du cou et du pharynx, qui ne l'empêchait pas cependant de respirer et de parler; mais cette constriction s'accentuait lorsqu'on le plaçait en face d'un liquide et qu'on l'invitait à boire.

Il éprouvait aussi des fourmillements et de la faiblesse dans le membre supérieur gauche, de l'insomnie et des cauchemars.

Le 11 novembre, ces symptômes prirent une gravité plus prononcée, l'agitation augmenta ; le malade eut des hallucinations de la vue et de l'ouïe, et il mourut le lendemain par asphyxie progressive.

Cet homme a prétendu n'avoir jamais été mordu, et il ne portait sur le corps aucune cicatrice ni solution de continuité de la peau.

Toutefois, les expériences faites par M. Pasteur sur deux lapins inoculés avec le bulbe de ce malade, ont démontré qu'il avait succombé à la rage.

(*Numéro* 345, vendredi 11 décembre 1885.)

## MORT DE LA RAGE

Il y a trois jours, M. Raffin (René), âgé de vingt-sept ans, qui ressentait les premières atteintes de l'hydrophobie, quittait la commune de Montagne (Loire), où il habitait, pour venir se faire soigner à Paris.

En route, il fut pris d'une crise terrible, dut descendre à une station de chemin de fer et s'aliter dans un hôtel de la localité.

L'accès ne dura pas moins de six heures, après lesquelles le malade put de nouveau continuer sa route.

Hier matin, il arrivait à Paris et entrait à l'Hôtel-Dieu où M. Pasteur n'a pu l'examiner. En effet, à peine couché dans la salle réservée aux malades atteints de la rage, il était pris d'un nouvel accès plus terrible que les précédents et expirait au bout de six heures dans d'atroces souffrances.

Le père et le frère de M. Raffin, qui l'avaient accompagné jusqu'à Paris, ne se souviennent pas qu'il ait été mordu par un chien ; ils se rappellent seulement qu'il y a cinq mois environ, un petit bull, qui lui appartenait, a disparu subitement sans qu'il ait été possible de savoir ce qu'il était devenu.

(*Numéro* 355, lundi 21 décembre 1885.)

N'a-t-on pas examiné le cadavre de M. René Raffin, comme celui du garçon de bains dont il est question plus haut, pour s'assurer si, malgré les indications du père et du frère du défunt, la peau conservait quelque cicatrice ou trace de morsure ?

L'épileptique, dans ses crises, écume comme le malade atteint de la rage ; ces deux malades n'ont-ils, de commun, que ce symptôme ?

D'autre part, nous lisons dans l'ouvrage intitulé : « *Pèlerinage de Saint-Hubert en Ardennes*, » par l'abbé Bertrand, ancien vicaire de St-Hubert, (2º édition, 1862) :

« La vertu de l'étole (voir paragraphe III
« ci-après) consiste principalement à pré-
« server des suites du venin de la rage,
« ceux auxquels il a été communiqué, soit
« par la morsure d'un animal atteint de
« cette terrible maladie, soit par sang, par
« bave, haleine, nourriture infectée, soit
« de toute autre manière.....

« L'homme, moins sujet à contracter la

« rage que les animaux, peut être atteint
« de cette maladie par suite de la mor-
« sure d'un animal ou d'une personne
« enragée. Le virus rabique peut être
« communiqué par la bave, l'haleine, la
« transpiration, etc., d'un hydrophobe ;
« la crainte violente de l'hydrophobie peut
« déterminer cette maladie. Il ne faut pas
« confondre l'hydrophobie avec la rage ;
« celle-ci est produite par l'inoculation du
« virus rabique et résulte ordinairement
« de la morsure d'un animal enragé. L'hy-
« drophobie est une affection dans laquelle
« se manifeste aussi l'horreur pour les
« boissons, mais qui est purement con-
« vulsive et ne résulte pas, comme la rage,
« du passage d'un principe morbifère dans
« le sang. Rien ne prouve jusqu'à pré-
« sent que cette dernière maladie puisse,
« comme l'hydrophobie, se développer
« spontanément dans l'espèce humaine,
« ainsi que cela a lieu chez le chien, le
« chat, le renard et le loup. »

Dans le cas où les nombreuses et importantes occupations de M. Pasteur l'empê-

cheraient de lire, en entier, ce modeste opuscule, nous nous bornons à lui poser ces deux questions :

*La rage peut-elle être spontanée chez l'homme ?*

*L'épilepsie a-t-elle quelque affinité avec la rage ?*

L'étude de ces questions, que M. Pasteur s'est probablement posées déjà, en élargissant le cercle de ses patientes recherches, pourrait rendre encore d'immenses services à l'humanité. Nous osons espérer que son immortelle découverte sera suivie d'autres peut-être plus importantes encore, et qui seront la plus belle récompense que puisse ambitionner ce laborieux et infatigable savant, qui fait, aujourd'hui, l'admiration du monde entier.

II.

## AUX GENS DU MONDE.

Autrefois, nos pères, qui croyaient à l'Evangile, répétaient sans cesse : « Il n'y a que la foi qui sauve. » Aujourd'hui, nos fils sont perdus par le manque de foi qui engendre la mort. Mais Dieu est toujours le Père infiniment bon, et lorsque sa bouche ne peut plus, comme autrefois, adresser aux malades cette consolante parole : « Allez, votre foi vous a sauvés ; » son cœur parle : « *Misereor super turbam,* » il a pitié de la foule des malheureux.

Après la faute originelle (qui a introduit tous les maux dans le monde), Dieu dit à l'homme : « Tu mangeras ton pain à la sueur de ton front. » Puis.... « Tu mourras. » Mais, dans sa miséricorde, il bénit le travail de l'homme et féconde ses sueurs en lui permettant d'entrer dans le domaine de la science et de faire des découvertes dont les applications guérissent les maladies et font reculer la mort.

Les poisons minéraux et végétaux convenablement employés, nous rendent la santé et raniment la vie prête à s'éteindre. Cette vertu curative des minéraux, des plantes, des eaux, etc., n'est-elle pas un miracle de la bonté divine en notre faveur? Et ce miracle paraît tout naturel aux *hommes de science*, parce que le *Dieu des sciences* leur a permis de *l'opérer* eux-mêmes à l'aide de ces moyens providentiellement mis entre leurs mains.

Si M. Pasteur est l'instrument du « *Dieu des sciences* », il est, en même temps, comme saint Hubert, l'instrument du Dieu de bonté. Ce seul et même Dieu aime tous ses enfants. S'il les châtie pour leur bien, il n'en est pas moins le meilleur des pères, et la pauvre humanité souffrante est le constant objet de ses soins et de sa miséricorde.

Bénissez donc le « Dieu des sciences, » qui récompense si magnifiquement la soumission à la loi du travail qu'il a imposée

1.

à l'humanité déchue. Bénissez aussi M. Pasteur, si persévérant dans ses labeurs et ses recherches, et *allez à lui*. Dieu veuille cependant couronner ses efforts d'un plein et entier succès, et que l'illustre savant ne se trouve plus en présence de certaines exceptions réservées à la mort, *exceptions* qui ne se rencontrent pas à St-Hubert (1).

(1) Parmi les nombreux malades que M. Pasteur a soignés jusqu'ici et presque tous guéris, quelques-uns malheureusement ont succombé malgré ses soins éclairés.

III

## AUX CATHOLIQUES.

La cupidité et l'égoïsme envahissent la terre et en chassent la religion, qui, seule, enfante la charité.

La foi, en présence des efforts inouis qu'on fait pour la détruire, s'éteint de jour en jour : à vous qui avez le bonheur de la posséder et de la conserver, nous tiendrons un autre langage.

« *Mirabilis Deus in Sanctis suis ; et sanctus in omnibus operibus suis* ; Dieu est admirable dans ses Saints ; et il est saint dans toutes ses œuvres. (Ps. 67 et 144). »

Le Tout-Puissant se plaît souvent, pour honorer l'Immaculée Vierge, Mère de Dieu, et les Saints, à leur déléguer son souverain pouvoir, comme Jésus-Christ le faisait déjà pour ses Apôtres. C'est ainsi que, pendant le procès de canonisation de saint

François de Sales, on constatait les miracles par milliers. On a compté jusqu'à 37 morts ressuscités, la délivrance ou la guérison de 19 sourds et muets, 12 lépreux, 20 aveugles-nés, 102 paralytiques de naissance, 19 épileptiques, 37 frénétiques, 93 démoniaques, des guérisons d'ulcères et de maladies incurables, au nombre de *cinq à six mille* ; tous ces prodiges s'appuyant sur des témoignages sans nombre, au point qu'on disait communément à Rome, « que dans le procès de béatification de Monseigneur de Genève, il y avait plus de miracles qu'il n'en faudrait pour élever sur les autels une cinquantaine de bienheureux (1). » Mais il n'est pas rare que Dieu accorde à tel ou tel saint, une espèce de privilège spécial pour obtenir et dispenser telle ou telle grâce particulière. C'est pourquoi nous voyons invoquer certains saints dans des circonstances déterminées.

Après avoir appris à ceux de nos lecteurs qui pourraient l'ignorer, ce que fut le grand

---

(1) Voir le Bulletin de l'Œuvre de Saint-François de Sales (avril 1886.)

saint Hubert, nous leur parlerons du pouvoir *exceptionnel* que Dieu a accordé et continue d'accorder à l'humilité de son serviteur, vertu que celui-ci a pratiquée, sur la terre, à un degré si éminent.

On lit dans la vie de saint Hubert :

Hubert, grand seigneur, duc d'Aquitaine et prince de France, emporté un jour par l'ardeur de la chasse, pendant que sa compagnie se dispersait de divers côtés, s'apprêtait à lancer son javelot sur un cerf d'une beauté remarquable. Au lieu de fuir, ce cerf s'avance vers lui. Hubert, étonné de cette merveille, s'arrête, considère ce cerf, et remarque qu'il porte au milieu de son bois l'image de *Jésus-Christ crucifié*. En même temps il entend une voix qui lui crie : « Hubert, Hubert, jusques à quand « poursuivrez-vous les bêtes des forêts ? « Jusques à quand cette vaine passion vous « fera-t-elle négliger votre salut ? Si vous « ne vous convertissez bientôt à Dieu « en prenant la résolution d'embrasser « une meilleure vie, vous serez sans pitié « précipité dans les enfers. »

Frappé de cette merveille, Hubert descend de cheval, se prosterne devant l'image de son Dieu et prie. C'était le vendredi saint (683).

Imitant le grand apôtre saint Paul dans sa conversion. « Seigneur, s'écrie-t-il en « tremblant, que voulez-vous que je fasse ? « me voici prêt à vous obéir. » A quoi la voix répondit : « Allez à Maëstricht, vers « mon serviteur Lambert, il vous dira ce « que vous devez faire. » Et aussitôt le cerf disparut.

Ainsi, Hubert qui voulait *chasser et prendre*, fut lui-même *chassé et pris*. Ce jeune prince renonçant incontinent à l'attachement de toutes les créatures, ne voulut plus aimer que Dieu. Il obéit ; il part du château de Jupille où il faisait sa résidence près du duc Pépin, proche de la ville de Liége, et va trouver, à Maëstricht, l'évêque Lambert dont il devint, plus tard, le successeur à l'évêché de Tongres.

Après une longue vie de pénitence et d'austérités, il eut, un jour, la révélation de sa mort en ces termes : « Dans un an, « je romprai les liens de votre affliction ;

« je vous délivrerai, et vous me glorifie-
« rez. »

Au moment de sa mort, il dit à ses dis-
ciples, assemblés autour de son lit : « Je
« vous en prie, mes chers enfants, pour
« qui j'ai toujours eu des sentiments par-
« ticuliers de tendresse ; si vous êtes tou-
« chés de quelque reconnaissance, em-
« ployez vos prières, envers Notre-Sei-
« gneur pour obtenir le pardon de mes of-
« fenses. Voici enfin le terme de ma vie,
« et le moment auquel je dois quitter cette
« demeure pour aller rendre compte de
« mes actions au Souverain Juge ; et parce
« que je crains de succomber à la rigueur
« de ses jugements, accablé sous le faix
« de mes péchés, qui marchent contre moi
« comme des bataillons formidables, je
« vous prie de leur opposer le bouclier de
« vos prières, et de prier Notre-Seigneur
« de me faire miséricorde. » Puis, après
ces paroles empreintes d'une si admirable
humilité, il ajouta : « Tenez-là un suaire
« tout prêt pour me couvrir le visage, car
« le moment approche auquel mon âme
« que Dieu avait mise en dépôt dans ce

« vase fragile, doit sortir et se mettre en
« liberté : » et, récitant le symbole des
apôtres, comme pour renouveler sa foi,
il rendit sa belle âme à Dieu ainsi qu'il
l'avait prédit, le 3 mai 727, à l'âge de 71
ans.

Saint Hubert avait la plus vive dévotion envers la Très Sainte Vierge Marie.
Voulait-on obtenir une grâce du saint
évêque, il exigeait que l'on recourût à la
puissante intercession de Marie. *L'étole*
perpétue la mémoire de sa dévotion envers Marie, *la neuvaine* se fait en l'honneur
de la Sainte Vierge, *le répit* se donne en
son nom. Toute grâce accordée aux clients
de saint Hubert passe par les mains de la
Vierge, Mère du Verbe fait chair.

Il avait aussi une grande dévotion envers les Saints, dévotion qui brilla d'un
nouvel éclat la dernière année de sa vie,
lorsqu'il lui fut révélé que, dans un an, il
leur serait associé dans le ciel.

L'Eglise célèbre la fête de saint Hubert,
le 3 novembre, jour où eut lieu, en 743,
une première translation de son corps.

En 1515, on constata la parfaite conservation du corps de saint Hubert.

Saint Hubert est le patron des chasseurs et des compagnies d'archers.

L'auteur de la vie de saint Hubert, qui fut son contemporain et son disciple, dit :

« Le pouvoir de saint Hubert ne s'étendit pas seulement sur les âmes, mais même sur les corps ; car notre saint a toujours eu, par un privilège particulier, la puissance de guérir les furieux ou *enragés,* les *insensés* et les malades *lunatiques.* » Cette phrase qui nous a particulièrement frappé, nous a suggéré la pensée d'écrire cet opuscule, après que nous eûmes demandé et reçu, il y a quelques mois, les renseignements contenus dans la lettre de M. le vicaire de Saint-Hubert, (page 54 ci-après).

Si nous demandons à M. Pasteur : « La rage a-t-elle quelque rapport avec l'épilepsie ? » c'est que le *lunatique de l'Evangile,* guéri par N.-S. J.-C., nous apparaît avec *tous* les symptômes de l'épilepsie, tels que nous les connaissons.

D'autre part, la mort du garçon de bains signalée plus haut, justifie notre question.

# LE PÈLERINAGE A SAINT-HUBERT.

## GUÉRISON INFAILLIBLE DE LA RAGE.

*Par saint Hubert, tout chrétien peut toujours échapper aux suites épouvantables de la rage*, et ce remède ne faillit pas, depuis plus de *mille ans*.

Il faut que ce don extraordinaire soit offert par l'Eglise pour que le monde s'en inquiète aussi peu qu'il le fait (1).

## LE RÉPIT ET LA TAILLE.

Le cadre de cet opuscule ne nous permet pas de donner des explications sur le *répit* et la *taille*. Disons seulement que,

(1) *Le Pèlerin*, 8, rue François 1er, à Paris, a donné l'intéressante vie de saint Hubert, en plusieurs livraisons de Novembre 1878. Nous empruntons quelques détails sur le pèlerinage, à l'Almanach du *Pèlerin*, de 1880.

quand une personne est mordue par un animal enragé, elle doit aller à Saint-Hubert le plus tôt possible, car il faut absolument que ce pèlerinage soit fait avant que la personne malade n'ait éprouvé une crise, ou les symptômes de la rage déclarée. Les cas exceptionnels de guérison constatés dans ces conditions désespérées, ne sauraient autoriser des retards dont la responsabilité resterait tout entière aux malades, même en faisant tardivement le pèlerinage dans ces conditions.

En cas d'impossibilité ou d'empêchement grave, de se rendre à Saint-Hubert, *le répit* peut être accordé jusqu'à ce qu'on puisse faire ce pèlerinage.

Le répit, qui est toujours efficace, ne peut être donné que par les prêtres *desservant la chapelle Saint-Hubert*, et aussi par les *personnes taillées* qui ont reçu au front la parcelle de la SAINTE ÉTOLE Les premiers le donnent à terme ou à vie, et les seconds pour 40 jours. (Il peut être renouvelé de 40 jours en 40 jours).

Lorsque la taille (légère incision au front, dans laquelle est insérée une parcelle très minime de la sainte étole), est jugée nécessaire, il est imposé une neuvaine de pénitence *absolument obligatoire* et qui est, POURRIONS-NOUS AJOUTER, la condition de la guérison.

Parmi les faits rapportés dans l'ouvrage de M. Bertrand, déjà cité, nous relevons les suivants, qui, bien que remontant à l'origine du Pèlerinage, intéresseront certainement nos lecteurs :

« En 879, un commissaire mordu par un loup enragé, se sentant menacé d'une mort certaine, se hâta de venir implorer le secours de saint Hubert. Après qu'on lui eut inséré une parcelle de la sainte Étole dans le front, et qu'il eût accompli les prescriptions indiquées, il retourna libre de toute crainte et assuré de sa guérison.

« Vers l'an 950, un seigneur de Marle, près de Laon, atteint de la morsure d'un chien enragé, vint au monastère, *suivant la coutume établie*, afin d'éviter tout péril. Là, il fut taillé et instruit des prescriptions qui accompagnent la taille. De retour chez lui, il négligea d'observer le régime prescrit et bientôt les symptômes de la maladie se manifestèrent. Il revint aussitôt à Saint-Hubert, où sa fidélité lui obtint cette fois une entière guérison. En reconnaissance il donna au monastère le tiers de sa propriété d'Evernicourt.

« En 1055, deux jeunes gens d'un village de la Hesbaie avaient été mordus par un chien enragé, on les détourna de venir implorer le secours de saint Hubert, en leur promettant de les guérir par des charmes et d'autres remèdes de ce genre ; trouvant ce moyen plus commode, ils restèrent chez eux, pendant que les personnes mordues comme eux, par le même chien enragé, accouraient à l'église de Saint-Hubert ; celles-ci retournèrent chez elles entièrement guéries, tandis que ces infortunés jeunes gens ne tardèrent pas à éprouver des accès de délire, et même de fureur, ils hurlaient comme les loups, aboyaient comme les chiens, on les amena enfin au monastère, mais ils y étaient à peine arrivés qu'ils moururent, en inspirant une crainte pleine d'horreur à ceux qui les voyaient et les entendaient. »

« Les *Annales de l'abbaye* rapportent un fait bien remarquable qui est aussi rapporté par Benoît XIV et d'autres auteurs ; c'est que : « vers l'an 1561, le fameux réforma-« teur Jean Calvin aurait envoyé à l'ab-« baye de Saint-Hubert en Ardennes, un de « ses fils mordu par un chien enragé : après « avoir abjuré les principes religieux de « son père, ce jeune homme aurait été « taillé et préservé de la rage. » Page 187.

« Il existe un fait, dit M. Dufau (*Belg. chr.*,) un fait de notoriété universelle, un fait étrange, sinon miraculeux, qui semble-rait autoriser les traditions des anciennes chroniques sur le compte du glorieux fon-dateur de la ville de Liége : nous voulons parler de la guérison de la rage, qui se ré-pète à chaque instant à St-Hubert. Il est *inouï*, dit-il avec raison, qu'aucun de ceux qui, après avoir eu le malheur d'être mor-dus d'un animal enragé, ont accompli les prescriptions en usage (*Taille* ou *Répit*), n'ait pas été radicalement guéri (1). »

_____

(1) Pages 167—168 du Pèlerinage de St-Hubert, cité plus haut. Cet ouvrage de M. l'abbé Bertrand,

Nos lecteurs nous sauront gré de leur donner ici, une lettre que M. le curé-doyen de St-Hubert écrivait, en 1845, au célèbre auteur de *la Sainte-Etole vengée* :

« Saint-Hubert, le 16 juin 1845.

« Monsieur,

« C'est avec un véritable plaisir que je m'empresse de répondre à votre lettre du 14 courant ; j'ai la consolation de vous faire connaître que la confiance dans la puissante intercession de saint Hubert amène de tous les pays voisins vers le lieu de sa sépulture, un grand nombre de fidèles menacés de la maladie de la rage. Depuis plusieurs siècles, l'expérience atteste et continue d'attester de nos jours que ces malheureux y sont guéris par la précieuse relique de la Sainte-Etole.

« Depuis le 12 octobre 1806 jusqu'au 1er janvier 1835, on en tailla plus de quatre mille huit cents (4,800).

---

est approuvé par Mgr l'Evêque de Namur. C'est également dans cet ouvrage que nous avons trouvé la lettre de M. le curé-doyen de St-Hubert, reproduite ci-après.

« Depuis cette époque on taille annuellement cent trente à cent quarante (130 à 140) personnes mordues *à sang*.

« En 1812, le nommé Victor Raulx, de Villotte, département de la Meuse, arrondissement de Commercy, fut mordu par un loup enragé, dans la ville de Bar-le-Duc. Trente-deux personnes le furent avec lui, trois seulement vinrent à St-Hubert, et furent guéries. Toutes les autres sont mortes de la rage.

« Pour honorer notre glorieux Patron, le susdit Raulx est revenu en pèlerinage d'action de grâces à St-Hubert, et a signé l'attestation de sa guérison le 11 août 1841.

*Depuis dix ans*, dix personnes seulement sont mortes après avoir été taillées, *parce qu'elles n'ont pas observé la Neuvaine* et n'avaient pas de confiance en saint Hubert, comme l'ont attesté leurs propres parents et curés respectifs.

« Je vous prie, Monsieur, d'agréer, etc.

« Votre très humble serviteur.

J. Schmidt, Curé-Doyen. »

Voici quelques faits tirés de l'*Histoire de saint Hubert*, par l'abbé V. H., avec la collaboration de M. Philippe de Bruyne, Liége, 1876, ouvrage revêtu de l'*imprimatur* et de l'approbation de Mgr l'Evêque de Liége :

« L'an 719, saint Hubert annonçait la parole de Dieu au peuple de Villers-l'Evêque, quand tout à coup un étranger atteint de la rage, se précipite au milieu de la foule. Les assistants, saisis de crainte, prennent la fuite et laissent l'évêque seul. Celui-ci, désolé de la dispersion de ses auditeurs, commanda à la rage d'abandonner cet homme. La rage obéit à son ordre. Le malade, parfaitement guéri, et devenu doux comme un agneau, alla lui-même rappeler chacun de ceux qui avaient fui devant lui, et les inviter à venir entendre de nouveau la parole divine de la bouche du saint évêque. Ils revinrent, et, son instruction finie, Hubert leur dit : « Allez en paix, et sachez qu'en récompense de votre dévotion et de votre humilité, vous aurez, dès ce jour, et dans la

suite des temps, vous et vos enfants, nés
et à naître, le privilège spécial de délivrer
de la rage, pourvu que vous persévériez
dans la foi, et que vos enfants croient en
Dieu et vivent dans la soumission à
l'Eglise romaine, dont l'Eglise de Liége
est la fille. »

« A partir de ce temps, dit le manuscrit
qui rapporte ce fait, tous ceux qui étaient
présents et leurs enfants commencèrent à
guérir de la rage, par un privilège spécial
accordé à eux seuls, et qui dure encore.
Ce que le Pape Victor II approuva par un
diplôme, l'an 1055.

« Le bruit de ces merveilles se répandit
dans les Ardennes, augmenta le crédit du
Saint auprès de ces populations et facilita
singulièrement leur conversion au chris-
tianisme.

... « Dans la paroisse de Freux (canton de
St-Hubert) et dans les environs, on raconte
encore que le 18 avril 1870, M. le curé
Roussenfeld fut appelé auprès d'un homme
qui paraissait en danger de mort. Etendu
sur le pavé de la cuisine, en proie à une
espèce de délire, le malheureux avait la

respiration oppressée, les yeux hagards et pleins de feu ; ses mâchoires s'entrecho- quaient avec rapidité et il poussait des cris semblables aux aboiements d'un chien. Sa femme dit à M. le curé que, huit jours aupararavant, il avait été mordu par un chien et avait constamment refusé de faire le pèlerinage de St-Hubert. Il faut immédiatement l'y porter, dit le prêtre. Et l'on se mit en route. A peine entré dans l'église, le malade reçoit une première bénédiction et reprend connaissance. Quel n'est pas son étonnement de se trouver en cet endroit ! On lui en explique la cause ; il se soumet à l'opération de la *Taille*, commence les exercices de la *Neu- vaine* et retourne à pied à son village qui est à deux lieues de là. Il était sauvé.

« Tout le monde sait, à Bruxelles, qu'un rentier, sa femme et leurs deux domesti- ques, ayant été mordus par un chien en- ragé, les deux premiers n'ayant point eu recours à saint Hubert, moururent, peu après, de la rage, tandis que les deux do- mestiques firent le pèlerinage, subirent l'opération de la Taille, et furent guéris.

« Personne n'ignore, à Liége, dit le savant auteur de *La sainte Etole vengée*, que le domestique du colonel S... fut mordu par le même animal et en même temps que le fut son maître, mais que, mieux inspiré, il eut confiance en saint Hubert, demanda le *Répit*, se rendit à Saint-Hubert, y fut taillé et se porte aujourd'hui à merveille. — « Chacun sait, à Liége, que ce n'est ni l'espérance de la guérison, ni le calme de l'imagination qui manquèrent au colonel, qu'il se croyait hors de tout danger et rendait des visites à ses amis quand il se sentit atteint du terrible mal qui l'emporta. Ce brave colonel est mort après avoir rempli ses devoirs de catholique, et nous avons tout lieu d'espérer qu'il avait *la foi justifiante* qui opère par la charité ; mais son domestique avait, de plus, *la foi des miracles*.

« Lors du triste évènement que nous venons de rapporter, la foule des fidèles se rendit à l'église de Sainte-Croix (où l'on conserve, dit-on, une parcelle de la Sainte-Etole) ; un grand nombre de soldats et plusieurs officiers se sont rendus alors à Saint-Hubert.

« Une personne riche et instruite, mordue par un chien, étant passée par Saint-Hubert, refusa de subir l'opération de la Taille nécessaire à sa guérison, et mourut de la rage six semaines après.

« Deux autres personnes, du département du Pas-de-Calais, avaient reçu une morsure semblable ; elles firent le même refus et eurent le même sort. »

Le *Pèlerin* rapporte, qu'en 1878, dans un village du Nord, un chien enragé mordit deux personnes. L'une alla à Saint-Hubert et fut guérie ; l'autre, qui était le père d'un médecin matérialiste, fut détourné d'y aller, par son fils, qui le soigna et le laissa mourir dans d'atroces souffrances.

Notre cadre ne nous permet que de signaler rapidement ces quelques faits. Les personnes de bonne foi et exemptes de prévention, qui voudraient s'éclairer, peuvent demander directement à Saint-Hubert les renseignements dont elles auraient besoin.

M. l'abbé Bertrand, ancien vicaire de Saint-Hubert, actuellement curé de S..., écrit : « Nous avons taillé des personnes qui avaient reçu des blessures tellement graves, dans leur combat avec des bêtes enragées, qu'elles en sont demeurées estropiées. »

Il n'est pas rare de voir recourir au pèlerinage de Saint-Hubert, des médecins qui figurent parmi les personnes guéries et qui n'ont pas rougi de faire ce pèlerinage, ni de se soumettre à la Neuvaine imposée.

Nous lisons encore dans l'ouvrage de M. Bertrand, déjà cité : «..... Outre ceux qui sont accourus demander leur part de protection à ces salutaires pratiques qu'ils ne croyaient faites que pour les simples, nous citerons, sans les nommer, d'abord un docteur en médecine dont le gouvernement a reconnu le mérite scientifique. Ce médecin ayant été mordu par un animal qu'il jugeait atteint d'hydrophobie, se hâta de venir en mil huit cent quarante..., confier le soin de sa guérison à la vertu miraculeuse de la Sainte-Etole, et recevoir le bienfait de la Taille avec cette piété et cette conviction religieuse qui distinguent toujours le savant de bonne foi. — « Un écrivain belge très éclairé, dit l'auteur de *la Sainte-Etole vengée*, me disait, il y a quelques jours : Je suis né près de Saint-Hubert et j'ai souvent ouï dire que des esprits forts qui s'en étaient moqués, n'ont rien eu de plus pressé que d'y recourir dans le danger. » — L'auteur ajoute, dans le même ouvrage : « les cures opérées à Saint-Hubert, sont si constantes, si multipliées et si frappantes, qu'un médecin distingué, après avoir longtemps discuté sur ce point, finit par me dire en souriant : « c'est pour éprouver votre patience que j'argumente, mais j'étais convaincu avant la discussion, et je vous avoue que si j'étais mordu par un animal enragé, j'irais aussitôt à Saint-Hubert. » — C'est ce que fit un autre médecin belge de la province de. . ; mais dans des circonstances que le public a su apprécier. Heureux de trouver une occasion de témoigner son mépris pour la Taille, il empêcha une personne mordue par un animal enragé de recourir à Saint-Hubert, et voulut traiter son malade exclusivement par les moyens qu'offre la médecine. Ce malade mourut de la rage ; et lui se hâta d'aller à Saint-Hubert réclamer le bienfait dont il avait, dans son impiété, privé son malade. »

SYMPTOMES DE LA RAGE CHEZ LES ANIMAUX.

L'animal atteint de la rage est triste, inquiet. Il a la démarche chancelante, la queue serrée entre les jambes, l'œil rouge et hagard, la gueule écumante. Il refuse de manger, il a l'eau en horreur, fuit le logis de son maître et se jette indistinctement sur tout le monde. Cependant on ne doit pas regarder ces signes comme étant d'une certitude absolue. Ainsi on a vu des chiens enragés traverser une rivière, manger et boire après un accès. Il ne faut donc pas, comme on le fait ordinairement, tuer l'animal que l'on soupçonne avant de savoir à quoi s'en tenir sur son compte, mais plutôt l'enfermer en lui donnant à boire et à manger. S'il est enragé, il ne tardera pas à mourir. » En cas de doute *fondé*, la prudence veut qu'on traite un animal suspect comme s'il était réellement infecté du venin de la rage. Chez les animaux, les phénomènes peuvent ne se déclarer que le huitième, le douzième et même le quarantième jour.

## SYMPTOMES DE LA RAGE CHEZ L'HOMME.

Tête lourde et très chaude, sentiment de tristesse et d'inquiétude, agacement nerveux, horreur du parler et du boire ; air hébété. Tout à coup, à la suite d'une sorte de frisson ou d'horripilation générale et profonde, le malade sent sa poitrine se resserrer; son gosier contracté refuse le passage aux aliments, et surtout aux boissons qui sont rejetées avec horreur, malgré une soif ardente. La salive tombe involontairement de la bouche. Tout le corps est agité de spasmes violents. Quelques malades deviennent furieux, et cherchent à mordre ou à nuire de quelque manière : un plus grand nombre, sentant l'accès venir, demandent à être attachés, et engagent les assistants à fuir. Ces accidents font place à un calme plus ou moins long, pendant lequel cesse ordinairement l'horreur pour les boissons ; mais, reparaissant avec une nouvelle intensité, ils amènent bientôt un épuisement total, et le malheureux hydrophobe meurt du troisième au cinquième jour au plus tard, après avoir éprouvé un plus ou moins grand nombre d'accès...

La plaie produite par un animal enragé se ferme d'elle-même, comme une plaie ordinaire. Ce n'est qu'au bout d'un temps plus ou moins long qui n'excède pas *ordinairement* 30 à 40 jours chez l'homme, que l'on voit les premiers symptômes se développer. On cite même des cas où ils ne se sont montrés que plusieurs mois, et même plus d'un an après la morsure. (Saucerotte, *Guide auprès des malades*). Quelquefois, cependant, on voit des accidents se manifester presque immédiatement.

# UN PÈLERINAGE

A

# SAINT-HUBERT

PAR

*M. le Marquis* A. DE SÉGUR.

Comme résumé de tout ce qui précède, nous ne saurions mieux faire que de reproduire ce qu'écrivait récemment M. le Marquis A. DE SÉGUR, sur le pèlerinage de Saint-Hubert (1).

## UN PÈLERINAGE A SAINT-HUBERT

L'importante communication faite récemment à l'Académie des sciences par M. Pasteur au sujet de la rage, a appelé l'attention universelle sur cette terrible

(1) Extrait du Bulletin de l'Œuvre de Saint-François de Sales (février 1886).

maladie, et pour qui connaît la prudence et la modestie de l'illustre savant, il n'y a guère de doute que ses espérances soient prochainement justifiées et confirmées.

Il nous a paru opportun, à cette occasion, de rappeler ou d'apprendre aux lecteurs chrétiens qu'il existe depuis plus de mille ans un remède d'un autre ordre, mais tout aussi sûr et pour ainsi dire infaillible contre la rage : nous voulons parler du pèlerinage à Saint-Hubert. Ce pèlerinage, en honneur de temps immémorial dans la Belgique et dans les pays environnants, nous avons eu la bonne fortune de le faire, il y a quelque semaines, en exécution d'un vœu, et il nous a tellement frappé que nous croyons remplir un devoir en publiant ce que nous y avons vu et les impressions que nous en avons rapportées. Il va sans dire que cette relation est celle d'un catholique convaincu, s'adressant à des catholiques comme lui.

Le gros bourg de Saint-Hubert, en Ardennes, situé dans la province de Luxembourg, district de Namur, à quelques kilomètres de la frontière française compte

2,400 habitants. Il tire son nom de saint
Hubert, grand chasseur devant le Seigneur,
appelé, par un prodige connu de tout le
monde, à quitter ses bruyants plaisirs pour
devenir chasseur d'hommes : bientôt élevé
à la dignité épiscopale, en remplacement
de saint Lambert, évêque de Liége, il fut
l'apôtre des Ardennes, vécut en saint et
mourut en 727. Son corps, d'abord ense-
veli à Liége, fut transféré, en 825, au monastère d'Andain, qui perdit peu à peu
dans la bouche du peuple son nom primi-
tif, pour prendre celui d'abbaye de Saint-
Hubert.

Le bourg de Saint-Hubert, groupé autour de l'abbaye, dont l'admirable cathédrale est toujours debout en parfait état de
conservation, est aujourd'hui un important
chef-lieu de canton, distant de cinq kilomètres de la station de Poix. Les pèlerins
de l'ouest et du nord de l'Europe s'y suc-
cèdent sans interruption depuis plus de
mille ans, attirés moins par la beauté du
pays et de ses environs que par la toute-
puissante intercession de saint Hubert
contre la rage. Contrairement à ce qui se

passe trop sonvent dans les lieux de pèlerinage célèbres, Saint-Hubert a gardé la foi, la ferveur et les mœurs des premiers temps. La population s'y divise, comme dans toute la Belgique, en deux parties, absolument distinctes, les *catholiques* et les *libéraux* ; ceux-ci n'y forment qu'une faible minorité. On y trouve l'hôtel catholique et l'hôtel libéral, et les deux peuples y vivent juxtaposés, sans se confondre jamais. Il va sans dire, qu'à moins de renseignements erronés, les pèlerins descendent tous à l'hôtel catholique, situé sur la grande place de la cathédrale, à gauche, où ils sont accueillis et soignés comme dans leur famille.

Nous ne saurions dire les prévenances dont nous fûmes l'objet de la part de l'excellente maîtresse de l'hôtel Petit et de son entourage. C'est la simplicité cordiale de la vieille hospitalité chrétienne. A peine arrivés, nous nous fîmes conduire au presbytère, où le curé-doyen nous reçut avec une charité dont nous ne perdrons jamais le souvenir. Nous causâmes longtemps avec ce prêtre remarquable par ses vertus sacerdotales, par sa profonde connaissance de tout ce qui concerne le culte et l'histoire de saint Hubert, par sa foi intelligente et raisonnée dans la toute-puissante intercession de son cher Saint. C'est le résumé de nos entretiens avec ce vénérable ecclésiastique, témoin depuis bien des années des prodiges qui se renouvellent sans cesse en ce lieu béni, que nous allons exposer ici, aussi succinctement que possible.

Saint Hubert mourut en 727, et il exerça de son vivant, pour prévenir ou guérir la rage et certaines autres maladies du même genre, le pouvoir mystérieux que ses reliques ont conservé. Il y a donc près de 1,200 ans que dure cette confiance du peuple chrétien, appuyée sur l'autorité de l'Eglise et sur d'innombrables guérisons. La puissance de saint Hubert contre la rage est connue du monde entier, mais elle n'est populaire que dans la Belgique, le nord de la France et généralement le nord-ouest de l'Europe. Les pèlerins qui viennent demander au saint évêque leur guérison ou leur préservation ont été nombreux dans tous les siècles ; mais on comprend que les personnes menacées de la rage étant à peu près les seules à faire ce pèlerinage, le sanctuaire de l'illustre thaumaturge ne soit pas visité, comme celui de Lourdes, par des populations entières. Seulement, à la différence de ce qui se passe à Lourdes et dans les autres lieux de pèlerinages célèbres, les pèlerins de Saint-Hubert sont sûrs d'être exaucés s'ils remplissent fidèlement les conditions posées, de temps immémorial, par l'Eglise, interprète de la volonté divine.

Ces conditions sont diverses, suivant la gravité des cas ; les voici, dans leurs principales dispositions : l'Eglise a d'abord établi une distinction toute naturelle entre les personnes mordues par une bête certainement enragée et celles dont l'appréhension repose sur des faits plus douteux. On est souvent mordu par un chien inconnu, d'allures suspectes, mais dont la rage n'est ni constatée, ni certaine. D'autres fois, la morsure, arrêtée par les vêtements, est si légère qu'elle n'a pas entamé la peau et qu'elle y a à peine laissé une trace visible. D'autres fois encore (et il paraît que cette hypothèse étrange se rencontre assez fréquemment), des enfants, des hommes ont été poursuivis par un chien enragé qui ne les a pas atteints, et néanmoins la terreur causée par cette poursuite est telle qu'ils ne peuvent en chasser l'image et qu'elle met leurs jours en péril. Le doyen de Saint-Hubert nous citait, à cet égard, des exemples récents vraiment incroyables par le degré de la maladie morale et la haute situation sociale et intellectuelle des malades.

Pour tous ces cas de morsure seulement suspecte ou de terreur sans morsure, la condition de guérison est très simple : il suffit de recevoir du curé ou de l'aumônier de Saint-Hubert l'imposition, sur le front, de l'étole miraculeuse du saint Évêque, et de faire en son honneur une neuvaine de prières indiquées par le prêtre. Celui-ci ajoute presque toujours l'obligation de recevoir, pendant cette neuvaine, les sacrements de Pénitence et d'Eucharistie. A ces conditions, on obtient à coup sûr ce qu'on appelle le *répit*, c'est-à-dire la cessation de la peur et la préservation de la rage.

Pour les personnes mordues par une bête certainement enragée, les conditions sont plus rigoureuses, sans être bien pénibles, surtout quand on les compare à l'immensité de la grâce demandée. Ces conditions sont au nombre de deux : la taille et la neuvaine. La *Taille* consiste en une légère incision faite par le prêtre de Saint-Hubert au front du pèlerin, et dans laquelle on introduit une parcelle minime d'un filament de la sainte-Étole Cette parcelle est maintenue par l'application immédiate d'un bandeau que le patient doit porter pendant neuf jours. Quand on le retire, l'incision est cicatrisée et la parcelle miraculeuse y demeure à jamais, sans amener aucune irritation.

La *neuvaine* consiste en quelques prescriptions de régime, où le jeûne et la pénitence ont leur part, et en quelques prières. La personne taillée est en outre astreinte, d'obligation absolue, à se confesser et à communier au moins une fois, avant la fin de la neuvaine.

Moyennant l'exécution loyale, exacte et chrétienne de ces conditions, la préservation de la rage est infaillible ; c'est l'expérience de dix siècles et la conviction absolue du clergé et de la population de Saint-Hubert, qui, de mémoire d'homme, n'ont pas vu une seule bête enragée sur tout le territoire de la paroisse ! Cette conviction s'étend à tous les pays environnants, et l'on voit souvent des libéraux mêmes et des libres-penseurs recourir à l'intervention de saint Hubert pour échapper à la terrible maladie de la rage. Un des plus célèbres libéraux de Bruxelles pourrait, au besoin, confirmer notre assertion par un exemple mémorable qui s'est passé, il y a peu d'années, dans sa famille et sous ses yeux.

Nous n'oserions affirmer que la guérison de la rage déclarée soit aussi certaine que la préservation du mal. Il est rare, en effet, qu'entre le premier accès et la mort, le temps ne manque pas pour transporter le malade à Saint-Hubert. Quelques guérisons merveilleuses permettent cependant de croire que l'imposition d'une relique du Saint, faite entre deux accès et accompagnée du vœu de venir recevoir la *Taille* à

Saint-Hubert, obtient de Dieu la suspension de la maladie et la force de faire le pèlerinage obligatoire. En voici un exemple saisissant, que nous tenons de M. le doyen actuel de Saint-Hubert. En 1877, il reçut une dépêche d'Angleterre lui demandant une parcelle de la sainte étole et la grâce du *répit* pour un prêtre anglais, religieux de l'ordre de Saint-Dominique, atteint de la rage au point d'être lié sur son lit. Le curé envoya la relique demandée. Le contact de la parcelle bénie fit cesser les accès et le rappela à la vie et à la santé. Quelques jours après, le curé de Saint-Hubert le vit arriver, bien portant, rayonnant de santé et de reconnaissance, et apprit de sa bouche sa guérison miraculeuse. Ce bon religieux reçut la *Taille*, accomplit la *neuvaine* d'usage, et repartit de Saint-Hubert après neuf jours passés dans des transports de piété et de joie célestes. Cet exemple est d'autant plus frappant que la médecine n'a jamais constaté un seul cas de guérison de la rage, une fois le terrible mal déclaré.

Il va sans dire que, pour l'opération de

la Taille ou l'imposition de la sainte Etole, le clergé de Saint-Hubert ne demande ni ne reçoit aucune rétribution. Les faveurs divines ne se vendent pas et ne se payent qu'en actions de grâces et en prières. La seule aumône dont profite le sanctuaire du grand Evêque, c'est la modeste rétribution de 3 francs, versée par toute personne qui veut se faire inscrire, avec sa maison, dans la confrérie de Saint-Hubert. Cette confrérie, érigée depuis plusieurs siècles et enrichie d'indulgences par les papes Jules II en 1510, et Léon X en 1515, passe, d'après une tradition de plusieurs siècles, pour préserver de la morsure des bêtes enragées, les personnes, les familles ou les communautés qui en font partie.

Voilà ce que nous avons appris, ce que nous avons vu à Saint-Hubert et ce que nous recommandons à la sérieuse attention des chrétiens qui liront ces lignes. Le souvenir que nous avons rapporté de ce pèlerinage à ce coin de terre, caché dans les bois et les montagnes des Ardennes, est celui d'un lieu béni, respirant les parfums de la vieille foi et de la vieille hospitalité catholiques. Nous nous étions promis de raconter nos impressions dans un but de reconnaissance et de charité : notre vœu est désormais accompli (1).

A. DE SÉGUR.

---

## LA FOLIE ET L'ÉPILEPSIE.

Nous avions demandé, il y a quelques mois, à Saint-Hubert, si l'on avait des exemples de guérisons de malades atteints de folie, d'épilepsie, etc. Nous avons reçu, le 3 février 1886, la réponse suivante :

« Monsieur,

Maintes fois, on recourt à saint Hubert pour obtenir la guérison de la folie et de l'épilepsie, et maintes fois aussi, surtout

---

(1) Les lettres doivent être adressées à M. le Doyen de Saint-Hubert, par Poix (Belgique).

On va à Saint-Hubert par le chemin de fer de Namur au Limbourg, station de Poix. Un omnibus conduit, en 45 minutes, de la station au sanctuaire.— Descendre, à Saint-Hubert, à l'hôtel Petit.

15 jours ou un mois après le premier pèlerinage, les patients reviennent remercier à Saint-Hubert de la faveur de leur guérison.

Nous ne prenons jamais leur nom, nous ne nous enquérons pas minutieusement des circonstances de leur infirmité puisque le traitement est toujours le même, je veux dire l'imposition de la sainte Etole ; et voilà comment aujourd'hui, nous ne pouvons point vous donner des renseignements aussi précis, peut-être, que vous le souhaitez.

Veuillez agréer, etc.

BARTHEL,
*vicaire à Saint-Hubert.*
(Belgique). »

Tout le monde comprendra la réserve que s'impose, au point de vue de l'intérêt des familles, le clergé de Saint-Hubert, et chacun s'expliquera la discrétion qui empêche M. le Doyen de prendre les noms des malades, et des détails sur les circonstances de leur terrible maladie.

## CONCLUSION.

Dans l'intérêt des malades et de leurs familles, les catholiques se feront un devoir de signaler le pèlerinage de Saint-Hubert, aux personnes mordues de bêtes venimeuses ou enragées, ou atteintes de folie ou d'épilepsie. Si, de la lettre qu'on vient de lire, on ne peut, pour la folie ou l'épilepsie, conclure, *comme pour la rage*, à une guérison infaillible, cette lettre autorise et justifie un pèlerinage qui, même pour ces maladies, a déjà obtenu de si merveilleux résultats.

Eug. Grisard.

# LIBRAIRIE
# DE L'ŒUVRE DE SAINT-PAUL

*6, rue Casselte, 6.*

*Paris.*

Au moment où l'Esprit du mal envahit la terre, Dieu qui, dans son infinie bonté pour notre pauvre humanité, a toujours mis le remède à côté du mal, inspire à la sainte Eglise les grands moyens de salut dont elle peut disposer.

Dans les temps critiques que nous traversons, nous voyons cette tendre Mère inviter, plus que jamais, ses enfants, à la communion très fréquente et à multiplier les confréries de l'Adoration du Très Saint-Sacrement : nous voyons son Chef infaillible faire un pressant appel aux catholiques pour propager la dévotion du très saint Rosaire, dévotion que le Souverain-Pontife recommande encore dans la Bulle portant indiction du Jubilé de 1886.

Dans ces circonstances, la Librairie de l'Œuvre de Saint-Paul vient d'éditer les cantiques et Manuel intitulés :

1° AMENDE HONORABLE (cantique pour l'Adoration du Très Saint-Sacrement), musique de M. l'abbé C. GEISPITZ, maître de chapelle à Notre-Dame de Paris.

2° LE ROSAIRE CHANTÉ (cantique d'ouverture pour chaque exercice du Rosaire, suivi de 15 quatrains pour la méditation des mystères), musique de M. l'abbé GESIPITZ.

3° Deux cantiques de COMMUNION.

*Paroles seules* de chacun de ces quatre cantiques, CINQ CENTIMES ; les 12 exemplaires, 0, 50 centimes ; les 50 exemplaires, 2 francs ; les 100 exemplaires, 3 fr. 50.

(Paroles et musique de chacun des deux premiers, 0, 50 cent. ; musique des deux cantiques de communion, par M. DESAUGES, maître de chapelle du Gesù, à Paris, 1 fr. et 1 fr. 50.)

4° AMOUR ET RECONNAISSANCE A JÉSUS RÉDEMPTEUR ; Manuel pour l'Adoration du T. S. Sacrement, contenant un choix des plus belles prières connues : (consécrations aux SS. CC. de Jésus et de Marie ; prières aux Cinq Plaies ; amendes honorables ;

l'heure sainte ; etc.), ouvrage approuvé par Mgr GAY, évêque d'Anthédon, ancien auxiliaire du Cardinal PIE, évêque de Poitiers.

Ces diverses publications semblent devoir combler une lacune et satisfaire la piété de bon nombre de fidèles.

Une dévotion populaire comme l'est celle du Rosaire, peut facilement être propagée davantage encore par le chant des 15 quatrains pour la méditation des mystères et du fruit de chacun d'eux.

Quant au cantique de l'Amende honorable, il peut être chanté également dans les pèlerinages au Sacré-Cœur.

# ŒUVRE DE SAINT MICHEL

Le R. P. **FÉLIX** voyant combien est grand le mal produit par les mauvaises lectures, a fondé, pour y remédier autant que possible, l'**Œuvre de Saint-Michel**, pour la publication et la vente des bons livres à bon marché.

Cette œuvre fait à ses associés (1), aux bibliothèques populaires et autres œuvres qui s'adressent à elle de fortes remises de faveur.

## EXTRAIT DES BROCHURES
*publiées par*
## L'ŒUVRE DE SAINT-MICHEL.

| | |
|---|---|
| **Mes** Difficultés, par le R. P. de Damas de la Cie de Jésus, 44 broch. in-32. | 6 60 |
| Chaque brochure séparément, couverture blanche.................... | » 15 |
| Couverture de couleur............. | » 20 |
| 1   Je crois en Dieu, c'est toute ma religion...................... | » 15 |

(1) Pour être Associé il suffit de faire chaque année, en faveur de l'ŒUVRE DE SAINT-MICHEL, une offrande comprise entre les deux limites de 10 à 100 francs.

Paris. — Imp. G. TEQUI, rue de Vaugirard 92.

172

www.ingramcontent.com/pod-product-compliance
Lightning Source LLC
Chambersburg PA
CBHW060820180626
46818CB00002B/897